¿Las MOSCAS LLORAN?

SÚPER CIENCIAS

JODIE MANGOR
Y PABLO DE LA VEGA

Rourke

CONEXIONES de la ESCUELA a la CASA
DE ROURKE

ANTES Y DURANTE LAS ACTIVIDADES DE LECTURA

Antes de la lectura: *Desarrollo del conocimiento del contexto y el vocabulario*

Construir el conocimiento del contexto puede ayudar a los niños a procesar la nueva información y a usar la que ya conocen. Antes de leer un libro es importante utilizar lo que ya saben los niños acerca del tema. Esto los ayudará a desarrollar su vocabulario e incrementar su comprensión de la lectura.

Preguntas y actividades para desarrollar el conocimiento del contexto:

1. Ve la portada del libro y lee el título. ¿De qué crees que trata este libro?
2. ¿Qué sabes de este tema?
3. Hojea el libro y echa un vistazo a las páginas. Ve el índice, las fotografías, los pies de foto y las palabras en negritas. ¿Estas características del texto te dan información o te ayudan a hacer predicciones acerca de lo que leerás en este libro?

Vocabulario: *El vocabulario es la clave para la comprensión de la lectura*

Use las siguientes instrucciones para iniciar una conversación acerca de cada palabra.

- Lee las palabras del vocabulario.
- ¿Qué te viene a la mente cuando ves cada palabra?
- ¿Qué crees que significa cada palabra?

Palabras del vocabulario:
- amamantan
- cadáveres
- colonia
- depredadores
- infantes
- instintos
- larvas
- mamíferos

Durante la lectura: *Leer para entender y conocer los significados*

Para lograr una profunda comprensión de un libro se anima a los niños a que usen estrategias de lectura detallada. Durante la lectura, es importante hacer que los niños se detengan y establezcan conexiones. Esas conexiones darán como resultado un análisis y entendimiento más profundo de un libro.

Lectura detallada de un texto

Durante la lectura, pida a los niños que se detengan y hablen acerca de lo siguiente:

- Partes que sean confusas.
- Palabras que no conozcan.
- Conexiones texto a texto, texto a ti mismo, texto al mundo.
- La idea principal de cada capítulo o encabezado.

Anime a los niños a usar las pistas del contexto para determinar el significado de las palabras que no conozcan. Estas estrategias los ayudarán a aprender a analizar el texto más minuciosamente mientras leen.

Cuando termine de leer este libro, vaya a la penúltima página para ver las **Preguntas relacionadas con el contenido** y una **Actividad de extensión**.

ÍNDICE

EL LLAMADO DE LA NATURALEZA...... 4
¡PELIGRO!.......................... 10
¡HAMBRE!.......................... 14
¡CÁRGAME!......................... 18
ACTIVIDAD......................... 21
GLOSARIO.......................... 22
ÍNDICE ALFABÉTICO................ 23
PREGUNTAS RELACIONADAS
CON EL CONTENIDO................. 23
ACTIVIDAD DE EXTENSIÓN........... 23
ACERCA DE LA AUTORA.............. 24

EL LLAMADO DE LA NATURALEZA

Un gatito maúlla, un cordero bala y un ave bebé trina. ¿Qué harías si escucharas alguno de sus llamados? ¿Querrías ayudarlos? Estos animalitos sobreviven gracias a la ayuda de los demás. Los papás escuchan el llamado de sus bebés y acuden a alimentar y proteger a sus crías.

¿Pero qué sucede con las moscas? ¿Las moscas lloran? La respuesta es no. Las moscas bebés, llamadas **larvas**, se cuidan a sí mismas y sobreviven por sus propios medios. Algunos animales, como las moscas y las serpientes, se encuentran solas desde que nacen. Dependen de sus **instintos** para sobrevivir.

Muchas crías de animales y sus padres se llaman entre sí. Los llamados son herramientas importantes de supervivencia. Imagina que eres una cría de murciélago, vives en una **colonia** enorme con miles de murciélagos más. Tu mamá debe ir a buscar comida. ¿Cómo lograría encontrarte a su regreso? Ustedes dos se llamarían una y otra vez y usarían sus voces para distinguirse entre la multitud. El olor también es importante.

Cuando los murciélagos de la fruta se reúnen a dormir, se colocan en una posición conocida como «posar».

Algunas focas y pingüinos viven en colonias. También usan llamados para encontrarse.

Huevitos buenos
Los maluros soberbios enseñan a sus crías un canto. Lo hacen antes de que los huevos eclosionen. Las crías usan este canto para pedir comida y permite a las mamás saber que están alimentando a sus propias crías.

colonia de pingüinos emperador

Las mamás cocodrilo entierran sus huevos y se mantienen cerca de ellos. Protegen el nido.

Cuando llega el momento de la eclosión, los cocodrilos bebé lloran dentro de sus huevos. Necesitan ayuda para salir del nido.

¡Pila de arena!
Las tortugas marinas bebé se sacan a sí mismas de sus arenosos nidos. Trabajan en equipo para lograrlo.

La madre los escucha. Escarba en el nido y luego carga a sus recién nacidos en el hocico para llevarlos al agua. Los protege de **depredadores** hasta que crecen.

¡PELIGRO!

El mundo es un lugar peligroso para los animales bebé. Deben cuidarse de muchos depredadores, sus papás se esfuerzan mucho para protegerlos. Algunas aves, como los urogallos, tienen una maña. Cuando aparecen depredadores, los polluelos se esconden. La madre arrastra un ala como si estuviera herida y actúa como si fuera fácil de atrapar. Aleja al depredador de sus crías, luego vuela y se pone a salvo.

Al igual que los urogallos, los frailecillos pretenden estar heridos para proteger a sus hijos.

¡No mastiques!
Los papás macho de algunas especies de peces guardan a sus hijos en la boca. Esto los mantiene a salvo de los depredadores.

Este mero tendrá los huevos en la boca hasta que eclosionen.

Los cercopitecos verdes usan distintos llamados de alarma dependiendo de cada tipo de depredador. Cada llamado provoca una acción diferente. Cuando es el llamado del leopardo, los monos de apresuran a subir a un árbol. Con el llamado del águila se esconden bajo un arbusto. Con el de la serpiente, ponen atención al suelo.

¡Alarma!
Los perritos de las praderas tienen llamados diferentes dependiendo del depredador. Los investigadores piensan que los llamados de los perritos de las praderas proporcionan información acerca del tamaño, forma, color y velocidad de cada depredador.

Los bebés deben aprender cada llamado para mantenerse a salvo. Al principio cometen errores como dar un llamado de alarma sobre algún ave inofensiva porque piensan que es un águila. Al llegar a los seis meses de edad, dejan de equivocarse.

¡HAMBRE!

Muchos animales bebés dependen de sus papás para obtener comida. Los **mamíferos** alimentan a sus recién nacidos con leche. Las aves llevan larvas de insectos, pescados o carne a sus crías.

> **¡Ábrelo bien!**
> Muchas aves bebé tienen picos de colores brillantes por dentro. Esto ayuda a sus padres a ver mejor sus picos y alimentarlas bien.

Incluso, algunos insectos alimentan a sus crías. Los escarabajos enterradores entierran los **cadáveres** de pequeños animales muertos. Mamá y papá comen un poco. Luego lo vomitan para que sus larvas lo coman. Las larvas tienen más posibilidades de sobrevivir gracias al cuidado de sus papás.

Algunos padres enseñan a sus hijos pequeños habilidades para cazar. Las suricatas comen escorpiones. Los papás les enseñan a sus crías cómo cazar a estas peligrosas criaturas, lo hacen por etapas. Primero, llevan a sus crías escorpiones muertos. Luego les llevan escorpiones vivos pero sin aguijón, se los quitan de una mordida. Finalmente las crías están listas para atrapar escorpiones con todo y aguijón.

suricatas

escorpión

¿Cómo está tu aliento?
Los cachorros de oso negro huelen el aliento de sus madres. Averiguan qué han estado comiendo. Luego, ellos comen lo mismo.

zorro orejudo

El papá del zorro orejudo se queda con sus cachorros mientras la mamá va de cacería y atrapa a arañas con sus garras. Luego las deja ir para que los cachorros intenten atraparlas.

17

¡CÁRGAME!

Los orangutanes bebé se quedan junto a sus madres durante seis o siete años. Ellas **amamantan** a sus bebés. Los bebés se cuelgan de sus madres y van con ellas a todas partes. Un orangután bebé necesita aprender muchas cosas para sobrevivir. La madre enseña a su bebé qué comer y cómo construir nidos para dormir.

Los orangutanes jóvenes permanecen cerca de sus madres hasta los diez años de edad, aproximadamente. Comen y descansan en los mismos árboles. Las hembras aprenden a cuidar a los bebés al observar a sus madres cuidar a los nuevos **infantes**.

Pasaje gratis
Las arañas lobo llevan consigo sus bolsas de huevecillos. Cuando eclosionan, las arañas bebé viajan en la espalda de su mamá hasta que están listas para estar solas.

Las mamás canguro cargan a sus bebés en una bolsa. Al nacer las crías miden lo mismo que una abeja. Crecen dentro de la bolsa durante algunos meses y cuando han crecido lo suficiente, dejan la bolsa por cortos periodos de tiempo. Regresan a ella a la menor señal de peligro.

ACTIVIDAD

El llamado de la naturaleza

Intenta hacer tus propios llamados animales. Haz mirlitones caseros y trabaja con un amigo para crear llamados de alerta.

Qué necesitas
- un lápiz de punta afilada
- tres tubos de cartón o más (de un rollo de papel higiénico)
- papel encerado
- tijeras
- ligas
- papel aluminio
- película plástica
- un guante de látex que puedas cortar
- pintura y otros implementos de arte

Instrucciones
1. Con la punta del lápiz, haz un hoyo pequeño en uno de los rollos de cartón, a un tercio de distancia de uno de los extremos.
2. Con el papel encerado, envuelve firmemente uno de los extremos del rollo de cartón, el más cercano al hoyo. Usa una liga para mantener el papel en su lugar.
3. Ahora coloca el otro extremo del rollo alrededor de tu boca y haz ruidos con tu voz.
4. Tapa y destapa el hoyo mientras haces sonidos.
5. Haz más mirlitones usando papel aluminio, película plástica o látex en lugar de papel encerado. ¿De qué manera cambia el sonido?
6. Decora tus mirlitones con los implementos de arte.
7. ¡Inventa llamados animales! Trabaja con un amigo para inventar una serie de llamados que ambos podrán entender y responder. Luego prueba qué tan lejos llega el sonido.

GLOSARIO

amamantan: Que alimentan a sus bebés directamente con leche materna.

cadáveres: Los cuerpos muertos de animales o personas.

colonia: En este caso, un grupo grande de animales que viven juntos.

depredadores: Animales que viven de cazar otros animales para comérselos.

infantes: Crías muy jóvenes de animales o personas.

instintos: Patrones de comportamiento que son más naturales que aprendidos.

larvas: Insectos recién nacidos que parecen gusanos y son muy diferentes a sus papás.

mamíferos: Animales de sangre caliente que tienen cabello o pelaje y usualmente dan a luz animales vivos.

ÍNDICE ALFABÉTICO

alarma: 12, 13
cazar: 16
comida: 6, 7, 14
errores: 13
insectos: 14, 15
lloran: 5, 8
nido(s) 8, 9, 18
olor: 6

PREGUNTAS RELACIONADAS CON EL CONTENIDO

1. Menciona dos maneras en las que los animales usan llamados vocales para ayudarse a sobrevivir.
2. Da un ejemplo de cómo el papá o la mamá de un animal le enseña a sus crías habilidades de cacería.
3. ¿Qué hacen las mamás cocodrilo para ayudar a sus bebés a sobrevivir?
4. Menciona dos animales que carguen a sus crías.
5. ¿Cómo ayudan los escarabajos enterradores a sus crías?

ACTIVIDAD DE EXTENSIÓN

Escoge un animal que te interese. Averigua qué sucede después de que nace. ¿Qué comportamientos ayudan a las crías a sobrevivir? ¿Sus padres los ayudan? Si es así, ¿cómo? Usa la información para hacer un folleto y compartirlo con amigos o familiares.

ACERCA DE LA AUTORA

Jodie Mangor escribe artículos de revista y libros para niños. También es autora de guiones para audioguías de museos de alto nivel y de destinos turísticos en todo el mundo. Muchas de esas guías turísticas son para niños. Vive en Ithaca, Nueva York, con su familia.

© 2023 Rourke Educational Media

All rights reserved. No part of this book may be reproduced or utilized in any form or by any means, electronic or mechanical including photocopying, recording, or by any information storage and retrieval system without permission in writing from the publisher.

www.rourkebooks.com

PHOTO CREDITS: Cover, page 1: ©Adisak Mitrprayoon; page 3: ©GlobalIP; page 4: ©alexgrichenko; page 5: ©arlindo71; page 5b: ©antos777; page 6: ©HendraSu; page 7a: ©Bruce Wilson Photography; page 7b: ©Andrew Hayson; pages 8-9: ©TrevorKelly; page 8: ©italiansight; page 10: ©Earl J McGehee; page 11: ©zaferkizilkaya; page 12a: ©wildacad; page 12b: ©jcradar; page 13: ©Michael Potter11; page 14: ©VisualCommunications; page 15: ©Adisak Mitrprayoon; page 16: ©Zoran Kolumdzija; page 16b: ©Nico Smit; page 17a: ©Paul Kammen; page 17b: ©Stuports; page 18-19: ©Gudkov.Andrey; page 19: ©Rinaldo Riva; page 20: ©Johnm Carnemolla; page 22: ©levent Songur

Editado por: Laura Malay
Diseño de la tapa e interior: Rhea Magaro-Wallace
Traducción: Pablo de la Vega

Library of Congress PCN Data

¿Las moscas lloran? / Jodie Mangor
(Súper ciencias)
ISBN 978-1-73165-473-1 (hard cover)
ISBN 978-1-73165-524-0 (soft cover)
ISBN 978-1-73165-557-8 (e-book)
ISBN 978-1-73165-590-5 (e-pub)
Library of Congress Control Number: 2022941284

Rourke Educational Media
Printed in the United States of America
01-0372311937

24